阳光集 马晓康 主编

远方的月光

杨廷成 著

山东友谊出版社·济南

图书在版编目（CIP）数据

远方的月光 / 杨廷成著. -- 济南：山东友谊出版社，2022.10（2023.9 重印）
（阳光集 / 马晓康主编）
ISBN 978-7-5516-2307-0

Ⅰ.①远… Ⅱ.①杨… Ⅲ.①诗集－中国－当代 Ⅳ.①I227

中国版本图书馆 CIP 数据核字 (2022) 第 194281 号

远方的月光
YUANFANG DE YUEGUANG

责任编辑：王　洋
装帧设计：北京长河文丛文化艺术有限公司

主管单位：山东出版传媒股份有限公司
出版发行：山东友谊出版社
地址：济南市英雄山路 189 号　邮政编码：250002
电话：出版管理部（0531）82098756
　　　发行综合部（0531）82705187
网址：www.sdyouyi.com.cn

印　刷：济南乾丰云印刷科技有限公司

开本：880 mm × 1230 mm　1/32
印张：39.875　　　　　　字数：900 千字
版次：2022 年 10 月第 1 版　印次：2023 年 9 月第 2 次印刷
定价：180.00 元（全六册）

目录

CONTENTS

001　大湖：天鹅之舞
003　在昌耀墓前
006　大雪中过临洮——致诗人阿信
008　结古寺遇雨
010　嘉那玛尼石堆
012　阿念湖记
014　高山绿绒蒿
015　与一朵花相遇
016　渔村石墙记
017　夜眺灯塔
018　石艾
019　祁连山的颜色
021　卓尔山上的花朵
022　阿柔大寺的鸽群
024　一株红柳
025　爱情树
026　致蒙古族歌手戈壁
027　草原之夜
029　扎鲁特草原之夜
031　神鹿的传说

033　题孝庄铜像
035　赛马场记
037　在宝古图沙漠
038　过广宗寺
040　风中的峨堡
041　月亮湖之晨
042　阿拉善的石头
044　福因寺记
045　大辛庄甲骨
047　谒闵子骞墓
048　过灵岩寺
049　四门塔记
050　听泉
051　蝉歌
052　在承德
053　在雾灵山想起草原
054　山楂：六姐妹
055　致远方
056　在顾村听果洛民谣
058　写在顾村公园
059　冬天想起梅花
060　过太平禅寺
061　月牙湖畔
062　黄河古渡

063　毛乌素

064　巴音河

065　柏树山的瞬间

066　风中的小城

067　写在海子雕像前

069　三亚湾眺海

070　鹿回头

071　天涯海角之晨

072　题南海观音像

073　望夫石

074　看海

075　茶卡谣

076　在茶卡仰望星空

078　大青盐

080　桃花玉的传说

082　马莲滩

083　赛马

085　油菜地

086　倾听

088　南园记

090　在织女庙致远方

091　凸桥印象

093　走过月牙泉

095　敦煌的月亮

097　圆明园之春

098　梦西湖

099　火烧沟

100　那一刻

101　门源行

102　脚步

103　庚子年，隆务之春

104　放羊记

106　良宵

107　明心寺的荷

108　燃灯者

110　吹箫者

111　灵隐寺的蜂群

112　塔尔寺的雪

114　过贵南草原

115　佑宁寺

116　在白马寺

117　松巴峡，遇见一棵树

119　梨树湾

121　春天的雪——给小润禾

122　骊歌

124　鹭之歌

125　啼春

126　惊蛰

- 127 望月
- 128 无题
- 129 小雪
- 130 春雪
- 131 大雪
- 132 题照
- 133 时光
- 134 赠 ZY
- 135 飞奔的雪花
- 136 农历二月初二
- 137 三月
- 138 蓦然回首
- 140 庚子记事
- 141 雨水
- 143 致 Eric
- 145 河流
- 146 天空之吻
- 147 一棵树的自白
- 148 暴风雨来临
- 149 青唐城之冬
- 150 车过日月山
- 151 岗什卡雪莲
- 153 朝天门码头
- 154 过秭归

156 开平古碉楼

157 大地之子——致敬袁隆平

159 春天的花朵

161 杨氏传奇

163 再过鹿回头

165 大雁塔

167 在南佛寺

169 在宝塔山上

171 巴塘草原

大湖：天鹅之舞

昨夜的那场鹅毛大雪
从刺破云天的巴颜喀拉飘来

此刻，高原腹地的大湖
一道湛蓝色的天幕徐徐拉开
上演一场旷世绝唱
天鹅之舞……

四周群山寂静
藏羚羊侧耳倾听
那只腾跃于岩崖断壁上的雪豹
冷峻的眼神里渗透罕见的温柔
秃鹫的羽毛闪动银灰色的光泽
从七千米的高空利箭般冲刺而来
苍鹭的翅膀在暴风中扭曲
傲立于粗粝的石岗上眺望

……旷野寥廓
在这纯净朗澈如处子般的水线上
生命的律动竟是如此辉煌

你们从哪片晴空下飞来
皎洁如天使般的仙子们
翅膀上抖落碎银似的雪光
眸子里镶嵌纯金似的暖阳
在这高天大湖间
写下西部大荒不朽的诗篇
隽永而深远

太阳，你这诞生的婴孩
从血色的襁褓中喷薄而出
远山身披金甲
威武似出征的勇士
大湖红晕初染
娇羞如待嫁的新娘
那些翩翩起舞的天鹅方阵
是在为这场见证千古绝恋的婚礼而舞蹈吗？

雪停了
天鹅的羽毛被湖水
洗浴得比雪色更加耀眼
它们引颈而歌
晶莹透亮的音符在苍穹中回荡
是这方水域生息着的不死的灵魂……

在昌耀墓前

一辆来自青海的车
沿着飘雪的巴颜喀拉山麓而下
车轮轧碾过的冰雪,留下一抹春晖
他疲惫不堪的足迹,牵着吉祥光羽
默默行走在囚徒之路……
此刻,他停泊在湘西北群峰环绕的山洼里
大陆之上,苍鹰折翅归巢
回到了生命落地的村庄

童年时嬉水的池塘依旧
奋力攀爬过的那棵苦楝树
斑驳的枝丫上花朵灿然怒放
那个曾经的英俊少年
已与母亲碾过新米的石磨
一起被安放进记忆里
红砖灰瓦的墙角,暗绿的苔藓
拥抱着这块沉默不语的石头

他思念自己的峡谷
流浪的游子终于归来

大地上，蓓蕾编织的冠冕在花间招手
他诗句中的牦牛依然舔食阳光
他随身携带的雪线与青草
与他一起奔向母亲……

无法忘记，那一年，黎明时分
一头悲怆的雪豹，扑向太阳的怀抱
梅花鹿的犄角，迸溅出血色花环
野牦牛的蹄印，消失在雪山深处
哈拉库图的鹰群一声泣唳
丹噶尔城的星火，悄然熄灭……

但我分明看见
一个不朽的书写者
站在故园的山冈上
眺望赐予他荣耀与屈辱的青海高地
墓地上的红枫树
倔强的铜干铁枝伸向辽远的天空

一轮燃烧的夕阳
在山雀归林的啼叫声中，缓缓落下
而不灭的诗魂已兀自筑起花冢
善于在凡人中辨认出众神的诗人
让我久久沉湎于
苦行僧走过的林莽与断崖
让我点燃一盏心灯

让我洒下三盏烈酒
今夜,王家坪上月色如水
山风如泣如诉,追忆着远去的星辰……

大雪中过临洮
——致诗人阿信

在夕阳落山的时候
与一场大雪同时而至的
是我们悲壮而疲惫的脚步

很早很早以前我知道
这里有一条河流,沉睡的石头
可以绽放出古色古香的花朵

不久以前我才知道
这里有一个村庄,唱歌的少年
把洮河的春天吟诵得山花烂漫

此刻,白杨树伸出铜干铁枝
积蓄着浑身的力量向天空敞开胸怀
那可是你站在故乡的村口上
听慈祥的母亲唤一声亲切的乳名

两头北方的牛
站在初春的原野上

抖落了一身的风雪
多么像我们曾经健硕的父亲
等待惊蛰的一声春雷在天边响过

炊烟升起
是谁在不经意间打翻了醇香的酒杯
这荡漾着乡村味道的冽风吹过
将远方归来的游子们一瞬间醉倒

兄弟，我们都是在大风中抱雪取暖的人
雪融时，从手尖上流过一河浩荡的春水
苦难终将过去
春天正在敲门

结古寺遇雨

蜿蜒的山道
通向高高的云天
一百零八座白塔
在雨后的喧嚣中无语矗立

鸽子们敛起翅膀
在廊檐下唱一支歌谣
诵经声从大殿中潮水般涌来
海螺号的长鸣响彻云霄

我捡起路边的一块经石
轻轻擦拭着雨水
这熟稔的六字箴言
一瞬间让人泪眼模糊

鹰翅下的千年古寺
被赤红色的大山举起
梵音如瀑而泻
滋润高地上的每一株草木

比我先到达的
是玉树草原的一场雨水
比这雨水更早到达的
是结古寺一盏盏不熄的灯火

嘉那玛尼石堆

夕阳里
一位白发的藏族阿妈
站在玛尼石堆旁双手合十
我看见她慈悲的泪水
河水般从眼眶里奔涌而出
流淌在草原上

转经的人群蜂拥而至
那位双目失明的老人
手里摇动岁月的经筒
我看见她深陷的眼窝里
悄然绽放的九十九枝花朵
缀满了石墙

光阴深处
是谁的手指握一柄锋利的刻刀
刻下大地上的风霜雨雪
刻下天空中的日月星辰
被刀刃划破的手指间
文字开成永恒的生命之花

风中的草原
石头们沉默不语
散落在雪山之下
是一群群温顺而谦卑的羊
它们齐聚在石墙之侧
就是一道道坚韧而傲然的山峰

今夜，新寨的天空上
星群簇拥起鹿角的花环
每一块刻着经文的石头
都是藏家儿女善良的心
紧紧依偎在一起
在这片沧桑而富饶的大地上怦然跳动

阿念湖记

追逐一只蝴蝶的翅膀
寻觅一朵格桑的花瓣
天边的阿念湖
静静躺在雪山下
为谁敞开牧女般纯情的怀抱

苍鹭在天空中呼啸而过
鸥鸟在湖水中嬉戏雀跃
这是谁家的孩子
手捧白云般干净的哈达
为圣湖唱着一首深情的赞歌

奶茶在草地上散溢醇香
青稞酒在帐篷里荡漾诱惑
只等今夜圆月升起
满天的星群将惊愕于
缠绵的藏歌声中那双痴情的眼睛

无数马蹄暴雨般地从湖畔奔来
经幡在风中哗哗作响

落日迈着沉重的步子
一踏进祥云缭绕的山谷
草原神话般的夜晚即将来临

哦，如梦如幻的阿念湖
请告诉远方归来的祈祷者
你可是放牧的多罗姆女神
曾经遗失的那枚玉佩
镶嵌在大地上保护子民们世代安宁

高山绿绒蒿

在这四千多米的高地上
是谁擎起这蓝色的火焰
把嘉塘草原仁慈的天空照亮

远处的尕朵觉悟神山
是一位纯情而忧伤的牧羊少年
在凛冽的风中吹着口哨

它在苦苦等待什么
风暴般的马蹄声踏过山冈
大湖翻卷的潮汛由远及近

雪粒子疯狂抽打
这旷而寂寥的山野
草木的眼帘上挂满雨滴

黑帐篷中走出的牧女
靛蓝的手帕一瞬间收紧
掩住夺眶而出的如瀑泪水

与一朵花相遇

在海岛上,阳光瀑布般从天而泻
九月的风声里,我与一朵花不期而遇

岩缝里仅有贫瘠的一寸土壤
海风从天宇间刮来一滴雨水

在这遥不可及、海天之间的一片孤岛上
它们静静开放,享受生命最后的时光

你们是一群沉默寡言的渔家女子吗
素面朝天,守候着从太阳里归来的那片帆影

渔村石墙记

这些石头
曾经支离破碎
被遗弃在小岛的海滩荒野

可一旦团聚
便会贴骨挨肉地抱在一起
不再分离

这些石头
它们是失散多年的兄弟
不会提及苦苦寻找的过去

就这样迎风而立
站成一道不朽的铜墙铁壁
抵挡风雨

夜眺灯塔

一百四十年的风雨时光
你站在这里永久地守望

远逝了三桅船上的刀光剑影
淡去了铁甲舰上的弥漫硝烟
这束穿透夜色的文明之光
从蒙昧的历史深处蓦然而至
光影里是婴儿般熟睡的小岛

海雾撩起神秘的面纱
海浪与岩礁说着爱的情话

是谁从千里之外疲惫归来
落下了斑驳的船帆泪流满面
是这古老的灯塔
在暗夜里睁大母亲般慈祥的眼睛
让远方的游子找得到回家的路

我觉得这道光焰就是一把金钥匙
打开了一扇扇从这里走向世界的大门

石 艾

以嶙峋的礁石为伴
以陡峭的崖壁为邻
在秋日灼热的光焰里
绽开一朵朵芬芳的素心

远眺海岸线上的第一抹曙色
亲吻花鸟岛上的每一缕晚风
以高贵而孤寂的品质
向世界炫耀生命的尊严

它们簇聚成群
仰望高天上的滚滚流云
它们摇曳枝条
舞蹈于星星铺开的坛城

石艾,从你这渺小的草本植物上
我领悟到一段传奇的渔猎人生

祁连山的颜色

匆匆一瞥
沉重的叹息响雷般掠过原野
被风暴厮打的土地上
是谁一柱擎天
矗立成世人敬仰的山神

记忆中的那年冬天
一群衣衫褴褛的队伍踏着大雪而来
当噩梦般的马蹄声从沟壑间掠过
罪恶的枪声响起
呼啸的子弹残忍地洞穿滴血的黎明

那些年轻的生命
翻越雪山，横跨草地的勇士
再也看不见那一轮天山明月
永远地躺在这里
凝望故乡的星空

河流般奔腾的热血
曾浸染这风雪弥漫的高地

每当听到牧羊人甩一串响鞭
深情地唱起怀念红军哥哥的山谣
所有人的眼窝里都涌动泪花

高悬在云天的群峰
是一面面猎猎作响的旗帜
在告诫人们
每当新一轮太阳从东方喷薄而出
该怎样为这个历经苦难的民族坚守一颗初心

卓尔山上的花朵

在卓尔山
我与渺小的野花相遇
叫不上它们的名字
却见证了绽放生命的奇迹

漫山遍野的花朵
多像乖巧的孩子们
根须是它们伸出的手指
牢牢抱紧大山母亲的腰身

它们真怕呀
怕被一阵狂风连根拔起
跌落到山谷间喧嚣的河流
再也找不到回家的路

阿柔大寺的鸽群

风踮着脚尖
在草原上轻轻走过
每一滴露珠都是一枚音符
在山野中念唱六字箴言

一群鸽子
不知从哪一处山寨飞来
落在金碧辉煌的大殿上
与叮当作响的风铃齐声诵经

它们在这里梳理
因千里奔波而零乱松散的羽毛
它们在这里抚慰
因苦熬时光而疲惫不堪的心灵

阳光
瀑布般从空中倾泻而来
远处的雪山
闪耀银子般纯净的光芒

台阶上慈祥的白发母亲
手摇历经百年风雨的转经筒
鸽子们在她身边欢呼雀跃
仿佛是从远方归来的孩子

这是阿柔大寺
一个阳光明媚的早晨
从鸽子们纯净的眼眸中
我看见这片传奇草原的前世今生

一株红柳

人群喧哗的村口
我与一株红柳相遇
在辽阔的草原深处
它在为谁长久地默默守候

根须深扎土地
枝叶仰望云天
听每一缕风儿倾吐心声
与每一只云雀叙述乡愁

粗壮的树干上
奔腾的血液在流淌
繁茂的枝头上
红色的花朵在跳跃

狂欢的马队渐渐远去
四周沉浸于无边的寂寞
这火焰般燃烧的身姿
让归来的汉子们泪眼模糊

爱情树

狂风吹过
枝条在旷野里紧紧相挽
暴雨来临
根茎在地层下密密相连

前世修了多少年的缘啊
在大漠漫天的风沙里
你们相遇在艾斯力金草原

是谁挥动天边的云霞
在日落时分尽情舞蹈
是谁唱起思念的歌谣
在月出时刻羞涩呢喃

两棵相依的树
蓬勃生长在天的尽头
写下一首相亲相爱的诗篇

致蒙古族歌手戈壁

你的紫唇里马蹄掠过
昆仑山呼啸的风暴
你的琴弦是羊群跑过
月亮河飘起的晨雾

你端起一碗马奶茶
草原上所有的花朵为你开放
你捧起一壶青稞酒
云端里所有的鸟儿为你歌唱

女人们含情的眼眸
在你的歌声中热泪滚烫
男人们粗犷的歌喉
在你的旋律中音色响亮

名叫戈壁的蒙古族男子
纵马在美丽的艾斯力金草原上
他大河般起伏的铜色长调
吸引全世界的掌声与目光

草原之夜

太阳落山时
羊群们踏着暮色归圈
天边的草原红晕初染
如一位待嫁的蒙古族新娘

帐篷里的酒歌
卷起大河的波浪
地毯上的舞蹈
铺开晚霞的霓裳

蒙古人坦荡的胸襟
是熊熊燃烧的篝火
马靴上碰撞的铜铃
把半个天空摇得豁然明亮

你来自江南烟雨的村庄
我来自东北大地的麦场
他来自渔歌如梦的海边
共享这快乐的美好时光

艾斯力金的不眠之夜
有多少爱的故事在传唱
听友人唱一曲歌谣
冬夜，草原是我们共同的梦乡

扎鲁特草原之夜

是谁不眠的眼眸
在辽远的夜空中闪烁
横亘的天河
在晚风中讲述
牛郎织女的传说

半山腰的望月亭里
有人唱起爱的歌谣
一地月色在流淌
两个身影在徘徊
三只秋蝉在鸣唱

冰凉的露水
打湿夜行人的裤脚
远处的蒙古包依然灯火闪烁
马头琴悲怆的音符
把思念的心儿蓦然揉碎

从天边的科尔沁归来
我只记得草原之夜的那弯新月

如蒙古姑娘硕大的耳环
吹过的山风
摇响银子般的声音

神鹿的传说

遥远的苍狼山下
金戈铁马的蒙古勇士
在这勒住铁骑的缰绳
成吉思汗的响鞭一甩
科尔沁草原上摆开庆功的盛宴

云朵哗然散开
一队队苍狼仰天长啸
一群群神鹿跃岗嘶鸣
灶头上的铜壶,烈酒瞬间沸腾
旋转的舞蹈沉醉了铺满鲜花的草原

这是苍天与大地的喜悦
这是日月与星辰的簇拥
这是众生的狂欢
十万只锣鼓擂响凯旋者的心音
八百里草原回荡战神们的歌声

硝烟渐散
这传奇的大地上

一株兀立的大树
威风凛凛地眺望南天
似乎在等待山那边的马队归来

远方的神鹿
头顶一束美丽的花冠
守护这方土地的安宁
它在心中默念着
科尔沁，科尔沁

题孝庄铜像

你端坐于七月的光瀑里
身后是青草疯长的故乡
廊檐上的风铃声不绝于耳
把英雄母亲的传奇故事吟唱

当年你走出这片土地时
就走向了比梦更远的远方
如今你终于回来了
回到了生你养你的芬芳牧场

历史的风尘早已远去
人们记不起你辅佐的三代君王
可一个蒙古女子的名字
雕刻在清王朝的煌煌史册上

从天南地北而来的人群
簇拥着孝庄故居的一座铜像
你是科尔沁大地的女儿
所有的眼神对你唯有崇敬和仰望

阳光温暖
比阳光更温暖的是你的目光
草原辽阔
比草原更辽阔的是你的胸怀

赛马场记

暴风骤雨般而来的
是彪悍的蒙古马队

蹄印翻飞处
火星绽放大地
马鞭挥舞时
潮涌般的欢呼响彻云霄

谁眼含泪水
又是谁在赛马场上沉醉

一支支响箭
从那太阳深处呼啸而来
一队队鹰群
朝月亮背后扬翅而去

黄昏,马头琴响起
人声鼎沸的草原蓦然间一片宁静

我看见那些

刚才闪电般飞驰的马儿们
把头深深地埋进草丛里
从青草中嚼出乳汁的馨香

在宝古图沙漠

诺恩吉雅远嫁时
洒落的最后一滴泪水
被大漠的风吹得了无踪影

千年古战场上
猛士们遗留的箭矢
长成一簇簇挺立的沙蒿

明月在天
有人吹一支横笛
笛孔飘出一缕缕乡愁

夕光铺地
欢呼雀跃的人们
幻化成舞动的霓裳

被一阵悦耳的驼铃惊醒
我看见它的双峰驮着滴血的残阳
翻越一垄高过一垄的沙梁

过广宗寺

十万尊佛像
在崖壁上双手合十
十万树菩提
在山谷里拈花微笑

落叶萧萧的季节
你从遥远的天边走来
身披拉萨城的一地月光
怀揣青海湖的满袖风沙

炊烟袅袅升起
草原上飘着奶茶的清香
一盏风中的酥油灯下
传来天籁般诵经的绝唱

你离开的布达拉宫
阳光下闪耀金色光芒
在法号威严的齐鸣声中
你是雪域上唯一的王

你选择了这片草原
在高天厚土间流浪
苍天般的阿拉善
成为你灵魂最后栖息的地方

满山遍野的草木
没有忧伤地肆意疯长
清洌朗澈的溪流
把你的诗篇传唱

广宗寺的第一场秋雪里
倾听廊檐下的风铃叮叮当当
我看见你披着袈裟行走在雪地上
仓央嘉措,依旧是阳光灿烂的少年模样

风中的峨堡

我似乎看见
一队队蒙古勇士的铁骑
穿越八千里风暴
战车轰隆隆响彻云霄
马队呼啦啦掠过大地

这些草原上
坚硬的石头们
手拉手筑起一道
不可逾越的铜墙铁壁

此刻的贺兰山下
九月的阳光如瀑般倾泻
草地上花朵们尽情绽放
有人哼唱一支蒙古长调
翱翔的山鹰俯瞰苍茫人间

顶天立地的峨堡
是大漠男子汉的群雕
风中飘动的经幡
是草原女儿们深情的恋歌

月亮湖之晨

大漠女神纯净的眸子
在岁月深处温情眺望
期待遥远的地平线上
高峭的驼峰与太阳一道升起

漫漫万里沙海中
你是光阴遗落的一面明镜
倒映烽火狼烟的悲伤
镶嵌花团锦簇的幸福

春天里北归的雁声
掀起一圈圈蔚蓝的涟漪
秋光中牧归的马头琴
使野蛮生长的沙蒿微微战栗

而此刻,绚烂的晨曦里
岸边的芦花唱起一支歌谣
拍打花翅的野鸭迎着霞光而去
它们是月亮湖心怀暖阳的孩子

阿拉善的石头

经历大漠
风吹雨打的雕琢
才有这一身铮铮铁骨

蕴存草地
物华天宝的精血
才有这一腔款款柔情

这些卑微的石头
被遗忘在荒漠野地
任岁月的风霜无情厮打

阿拉善的石头
是玉石般温润的女子
是玛瑙般硬朗的男儿

而此时
它们端坐于紫檀木的基座
惊愕来自大洋彼岸的目光

我怀揣一块石头
从天边的阿拉善归来
肋骨间掠过草原不羁的风暴

福因寺记

经卷是光阴的叶子
在春天里长出
在秋风中落下

人群从身边蜂拥而过
你心中自有一片净土
那是个极乐世界,不悲不喜

法铃摇响时
如泉水流入干涸的沙漠
聚集成一片大海,不声不响

把自己放在遥远的寂静中
听廊檐下的风铃响过四季
人间的那些事情,不惊不扰

我是一株谦卑的野草
站在经堂前的石阶上仰望
潮水般的诵经声让我泪流满面

大辛庄甲骨

三千二百年的幽暗时光
你被禁锢于地层深处
那些雕刻在骨头上的精灵们
浸泡在大山般沉重的哀伤里

多少次马蹄声碎
落日里战车的辙印远去
你孩子般屏住呼吸
期待温暖的一米阳光

遥想当年肃穆的祭坛
是谁朗读被露水打湿的卜辞
纯金的阳光与纯银的月色
在时光的河流里缓缓流淌

那是一个刀耕火种的年代
舞蹈的火焰里青铜铸成方鼎
那是一个共话桑麻的日子
歌唱的炊烟中人们走进陶坊

暴风雨无情厮打城郭
古老东方的精美都邑即将崩溃
时间可以掩埋一切
可它却无法埋葬文字的光芒

坚硬的铜鼎被光阴蚀锈
素洁的陶器被岁月挤碎
唯有镂刻在骨头上的刀痕
依然是当初令人沉醉的模样

谒闵子骞墓

一个夕阳流金的黄昏
我站在归雀啼鸣的你的墓旁
无数人千里迢迢来谒拜
心中怀有对你人品的无限向往

东坡先生神采飞扬的书写
在祠碑上依旧飘散墨香
一个书生卑微的故事
成为孝道文化荣耀的榜样

父亲的鞭子雨点般打在你身上
飞溅的芦花是你的泪水哗哗流淌
你单衣顺母的悲情传说
在厚重的齐鲁大地上千古流芳

一条街道以你的名字命名
人们以是你的乡亲为荣
你的名字就是黄钟大吕
唤醒多少曾经迷途的羔羊

过灵岩寺

风铃的叮当声中
阳光的手指抚摸每一株草木

佛高坐于岩崖上
每一条溪流都吟诵一曲梵音

朗澈的泉水从岩缝中迸出
洗濯每一颗沾满尘埃的心

所有的山石都蕴含禅意
路上的众生都心存善念

泰山伸出的一条巨臂
巍峨的庙宇是它跷起的大拇指

大地上最美妙的风物
就是这灵岩上的人间烟火

四门塔记

一座古塔
敞开宽阔的胸襟
任你从崎岖的山道走来

一棵古松
伸开九枝擎天的云枝
听山风唱响两千年漫漫时光

电闪雷鸣来临
惊骇的光影里
石塔挺起傲然的身姿

狂风暴雨掠过
呼啸的怒吼中
松枝舞起相拥的手臂

是塔眷恋着松
是松痴爱着塔
山神也无法为你们做证

听　泉

天上的星星遗落人间
汇聚成晶莹透亮的山泉
深情地滋润这方土地
母亲的乳汁般浸透着甘甜

雀跃的孩子们走近泉边
水波倒映他们稚嫩的笑脸
远方的行人掬一捧泉水
枕一曲泉声入眠

你来自哪处山湾
你奔向哪个家园
你的脚步总那样匆忙
一路欢歌唱响泉城的春天

我从齐鲁大地回到高原
清冽的水流常在梦中涌现
哗哗流淌的泉声
仿佛山东兄弟们爽朗的召唤

蝉　歌

正午的阳光，灿烂明媚
风吹过，树叶在天空尽情舞蹈

追随一只蝴蝶诱惑的翅膀
穿过一片片丛林，误入燕山深处

旷野寂静，我撕心裂肺地呼喊
无人应答，听不见一丝回声

我匍匐在大地上感觉不到心跳
唯有绝望的蝉，奏响一曲秋之歌

在承德

承德外八庙
正午的阳光燃烧着
朱颜斑驳的廊檐下
风铃叮当,摇不醒深沉的梦

曾经狂雪般驰骋的手持弯刀的勇士
在边关冷月下失去踪影
后裔们提着啁啾的鸟雀
蜷缩在古城墙的阴影里打盹

一只失眠的蟋蟀挣扎着
使尽浑身解数也越不过那道门槛
喇嘛们的诵经声此起彼伏
谁还能记得一个王朝远去的背影

在雾灵山想起草原

北风的呼啸声中
我听见白发苍苍的雪山对草地说
我愿为你承受世间的一切苦难
我愿为你把身体融化成一条河流

唯愿你绿草如茵
唯愿你鲜花绽放

山楂：六姐妹

是亲亲热热的六姐妹
在七月的光瀑里叙述往事

你说着那年情窦初开的时光
她说起那晚月光如水的日子

所有的梦想都在大山里孕育
果实从青涩走向成熟

这是一个万物生长的季节
每一张粉嫩的嘴唇都在吟诵着生命的诗章

致远方

我说,秋风将卷地吹过
你说,大雪将倾天扑来

这漫长而忧伤的夏季
谁的指尖刀锋般划过额头

干裂的嘴唇啜饮子夜的冰露
疲惫的脚步在泥泞的山路徘徊

此时,我只想背一篓鲜花回到故乡
与你在冬夜呼啸的风声里围炉而坐

在顾村听果洛民谣

是雪域高地的千条瀑布
是草原天边的万盏风铃
这来自西部天籁般的歌谣
在灰瓦粉墙的街巷间
传出久久不息的回音

彩袖飘动出鹰群的舞蹈
长靴舞蹈出马队的奔放
狂风暴雨般倾天而至
在人群鼎沸的广场
掀动此起彼伏的掌声

那边是离天最近的草原
这儿是离海最近的土地
无论相隔万水千山
在摇曳的歌舞中
彼此的心并不遥远

在顾村
一群来自西部高地的少男少女

以天赐的歌喉与地赋的律动
使人们想起青海
就难以释怀

写在顾村公园

站在石桥上
看秋阳下的十里荷花
记住了顾村这个名字

此刻,我多想
自己是草坪上放风筝的孩子
在母亲期盼的眼神里
放飞梦想

那一湖碧水
留下鸟儿们划过的翅痕
这一地竹林
闪过色彩斑斓的蝶影

这个都市的绿色摇篮
孕育一个个传奇故事
让世人震惊

冬天想起梅花

站在高原冬日的光影里
漫天雪花在眼前飘飘洒洒

此刻,我想起顾村
黄浦江畔长满故事的土地
获泾河岸纯情的女子寄来信笺
说那里梅花开了

早霞在光瀑中涂染色彩
夕阳在流岚里炫耀光斑
是一种怎样迷幻的景致啊
梦中弥漫花香的味道

去年秋色正浓
我们结识于梅林
相约来年花开的日子
再来这里寻梦

西部边地的这一夜风雪
直吹得心中一地落红

过太平禅寺

古寺里的风铃
在暮色里叮当作响
袅袅青烟缭绕
讲述百年不变的话题

当年金戈铁马
如柱的狼烟中殿宇坍塌
清帝国在夕光里颤抖
顾不上倒地的菩萨

晨钟暮鼓
依稀记得淞沪抗战的炮声
红烛青灯
难忘浩劫岁月的耻辱

当我走在小镇的街道上
每个人都一脸的灿烂阳光
顾村的记忆里
已长久地把太平日子珍藏

月牙湖畔

大漠寂寥
谁的一湾明眸
看夕光点燃火焰
望星群汇聚成河流

当年胡笳声咽
驼队消失在沙海深处
疯狂的篝火燃红半边天空
湖水没有荡起一缕涟漪

狼烟熄灭
烽火台依然千年矗立
曾经叶擎云天的胡杨树
枯死的躯干面目如此狰狞

唯有生生不息的芦苇
深情地依偎在月牙湖畔
在边关的冷月风声里
静听远方的马蹄声呼啸归来

黄河古渡

一百零三条战船依次排开
一千零八名将士齐声呐喊
对岸狼烟四起遮天蔽日
身后鼓角潮涌排山倒海

黄河的涛声来了又去
去了又来
瀚海的冷月缺了又圆
草原上牛肥马壮牧歌高亢
河套里稻香瓜甜乡曲悠扬

怒目的神僧侧耳倾听
疲惫的脚步再未归来
沉重的铁锚锈迹斑斑
呼啸的锋刃代剑为犁

河面上游船如梭
船夫吆喝一曲熟稔的民谣
几株三百年前的沙枣树
一串串绽放的花朵香气迷人

毛乌素

在毛乌素沙漠边缘
阳光煮沸每处山湾

一只甲壳虫慌乱逃窜
如我不安地行走世间

远处的黄河沉默不语
筏子客的吆喝声响彻云天

谁曾听到大地深处的泣唳
一声声撕心裂肺的哀怨

巴音河

这是母亲馈赠的乳汁
穿越茫茫戈壁让两岸花开花落
这是父亲赐予的甘露
浸润浩浩瀚海让大地万物生长

你是牧羊的藏家儿女
嘴唇里款款流淌的一支山谣
你是牧马的蒙古汉子
口弦里哗哗涌动的一曲牧歌

在每一个鸽哨划过蓝天的早晨
你的柔指撩开小镇沉睡的眼睛
在每一个云雀敛翅归巢的傍晚
你的双臂环抱边城温馨的梦

此刻在五光十色的幻境里
巴音河银子般纯净的月色中
德令哈宛如神话传说中的圣女
让无数双来自天南地北的眼眸惊叹

柏树山的瞬间

白云在天的尽头孤独飞翔
光阴在大地之侧肆意流淌
我看见一匹烈马走过山脊
听不到铁蹄撞出火星的响声

青稞酒已经喝光
羊群们找不到故乡
一道闪电划过天际
雨声拍打寂静的牧场

花朵仰天开放
野草匍地疯长
荒原咆哮的风声里
当年的弟兄们已背井离乡

多么寂静的黄昏
天地相接处奔泻血色的夕光
一只云雀的啼鸣声里
泪水在我干涸的心底里哗哗流淌

风中的小城

已经很久没有雨水
河道里到处是被阳光灼伤的石头

黄昏的云影里
翱翔的鹰洒落一片羽毛

疾驰的马队蹄声划破天幕
流出的星光如孩子纯净的眼眸

起风了,有人在草原深处紧裹皮袄
沙哑的歌声唱着,德令哈、德令哈

写在海子雕像前

你是一株南方温顺的稻子
在故乡的秋天里羞涩地低头
听风声从江岸上吹来
吹来一地月光

我是一穗高原粗粝的青稞
在村庄的阳光下挺直腰杆
望着秋色从山道走过
走过一片金黄

你童话般神圣的诗行里
稻花飘香、蛙声一片
姐妹们坐在草坡上
唱着让人愁肠百结的民谣

我山歌般质朴的文字间
说麦节拔高、布谷啼鸣
看兄弟们走在山冈上
喝着叫人热血沸腾的烈酒

你高贵地死去
成为一尊让人敬仰的雕像
我卑微地活着
做着人间虚无缥缈的梦

三亚湾眺海

海潮退去
河岸上躺满贝壳
它以瑰丽奇艳的幻影
在阳光下闪耀夺目的色彩

海天一色
展现母亲无私的慈爱
对失去生命徒有一袭华衣的孩子
她含着泪水毅然决然地选择抛弃

海水此起彼伏
那是一种撕心裂肺的伤痛
在它悲鸣的呼唤声中
我看到了大海的胸怀

鹿回头

一个浪接着一个浪
潮水是痴情的渔女
拍打沙岸裸露的胸膛

鹿回头
流传千年的爱情故事
总会引来一片赞叹

可不知为什么
我在一声长叹里流泪心伤

天涯海角之晨

是谁
用蘸血的手指
在铁质的岩礁上镂刻诱惑
只需款款转身
就从天涯走到海角

这是海的尽头吗
身披天边的一抹曙色
我刚刚起步

题南海观音像

诵经声缭绕的南山
梦境中一朵盛开的红莲
你站在浩渺的碧波里
眺望帆影点点,水天一色

大海举起虔诚的浪花
拥向你的身边
告诉我,以你慈爱的名义
人生究竟要经历多少苦难

望夫石

海潮扯着嗓子呼唤
一次又一次扑向铁质的山岩

清冷的月色里
一颗心在微微颤抖

你站在崖礁上风雨千年
为守望一个撼人心魄的诺言

化作石头
也要期待那片归来的帆

看 海

三亚湾里
是谁的纤指摇曳椰风

沐浴春日的光瀑
走进大海宽阔的怀中

这涌动的潮声
仿佛远在故乡的母亲
深情呼唤我的乳名

茶卡谣

翻过名叫日月的山
蓝色的青海湖湿润我的双眼
我聆听风中的召唤
哦,茶卡、茶卡
天空之镜,倒映故乡的草原

雪山巍峨,那是父亲的期盼
草原辽阔,这是母亲的思念
我回味牧歌的厚重悠远
哦,茶卡、茶卡
美丽童话,喜悦牧人的容颜

日出的盐湖演绎生命的斑斓
星辉装饰爱情的梦幻
我仰望雄鹰在天边飞翔
哦,茶卡、茶卡
真爱如盐,诉说永恒的誓言

在茶卡仰望星空

耳畔是从草原深处
吹来的挟裹牧歌的风声
我躺在茶卡的盐垛上
仰望朗澈辽远的星空

它们从雪山上升起
闪耀纯净皎洁的光芒
它们从盐湖里飘起
折射出纯洁无瑕的诗韵

浩瀚的银河划过苍穹
我似乎看到穿着五色天衣的身影
牧谣从帐篷中传来
歌唱传说中慈祥的母亲

缀织于天幕间的星群
是圣洁的穆瑶洛桑玛女神
她头顶花冠,手持羽箭
深情地守护这方土地的安宁

今夜无眠
星空里有一双我寻觅已久的眼睛

大青盐

海潮渐退
大地隆起青藏高原
这沉积了亿万年的神奇之地
造就了高贵的茶卡大青盐

三千年的时光长河
大盐湖水涨水落,浪花翻卷
三百年的金戈铁马
在历史的册页中烟消云散

你来自苍翠的祁连山巅
飘洒的雨滴成智慧之泉
你来自雄浑的昆仑山脉
清澈的雪水聚成力量之源

忆当年,驼铃声远
关山万里,传递炽爱的温暖
看今朝,铁甲轰鸣
春风百度,荡漾云锦的风帆

大青盐，这高山大湖炼成的琥珀
折射西部太阳神奇的光焰
这一粒粒结晶的天光水色
让大地的子孙们铁骨铮铮，生息繁衍

桃花玉的传说

大山深处的石头
竟能绽放如此美丽的花朵

一个烟雨迷蒙的早晨
湟水滔滔的古塬上万物疯长
名叫桃花的女子
撑一柄雨伞踏着泥泞向西而行

似火的烈日下走过关山重重
如刺的漠风里依旧步履匆忙

挖盐的汉子
终于倒在那个血色黄昏
至死也没看到
那双为他落泪失神的眼睛

草原上的人们只知道她走进山中
从此杳无音信

有人说这个痴情的女子

以倔强的头颅将岩石撞成粉尘
迸溅的血雨渗入大山的缝隙
化为永恒的生命之花

几百年的时光只是转瞬
爱的故事在草原上世代传颂

石头冰冷
桃色温润
每当把它紧紧贴在耳畔
都能听见 颗颤动的心

马莲滩

浸染了这方天空的花朵
蓝得让人心颤

在苦涩的盐渍地里扎下根须
在凛冽的大漠风中绽开叶瓣

雨后,你的睫毛挑着晶莹的泪珠
风来,你的手臂扬起生命的诗篇

为坚守一个曾经的诺言
你花开花落与盐湖为伴

马莲,马莲
茶卡的风呼唤一个盐湖女工的乳名

赛 马

一簇簇红色的火焰
在天的尽头散开云霞
一片片白色的狂雪
在湖的岸畔踩出鼓点

有人唱一曲悠扬的蒙古长调
泣血的音符让你泪水满襟
有人举一盏飘香的青稞美酒
沉醉的曲令使我梦回故乡

风一样疾驰而过的蒙古汉子
马靴上的铜铃摇响回声
云一般舒缓而来的藏家姑娘
长袍间的环佩撞击梦境

远处巍峨的雪山
为此时举起森林般的手臂欢呼
近处纯净的湖水
为此刻亮起天籁般的歌喉欢唱

蹄声过处
回荡绝响

油菜地

是谁打翻毕加索的调色板
把西部高地染成一片金黄

湖水如一枚蓝宝石
佩在苍茫青海敞开的胸膛
那些飞翔于碧波上的鸥鸟
在密谋一场情的裂变

蜂群们颤动翅膀
在高天大野间奏响一支云水谣

我听见万亩油菜花
如我河湟谷地的乡下妹子
努起唱山歌的嘴唇
漫山遍野地喊：哥哥，回家

倾　听

我从落雪的巴颜喀拉
一路风尘匆匆而来
今夜，我漂泊的心船
将在太仓的港口抛锚
倾听来自时光深处的回声

清晨，市井上的第一声吆喝
吴王粮仓的稻香从青花大碗中飘出
当船工悠扬的号子在江面回荡
樯帆林立的岸畔
汇成金秋时节的江南

金太仓，谁赋予你这亮堂堂的乳名
是满目流淌的黄金铸成这行文字吗
从沙溪的一碗稻米上品味你的芳香
从陆渡的刀鱼馄饨里体会你的精致
从娄东的奥灶新面中领略你的淳厚

每个春风沉醉的三月
小城被万丰村的千亩油菜花喊醒

在浏河水的欢歌笑语中
灰瓦白墙的屋檐下品味清晨
斜石铺街的古巷里畅饮黄昏

四千五百多年的浩荡烟云
在诗意的田园铺开水墨画卷
七月,在一滴雨水中倾听太仓
如丝弦在耳畔响起
整夜整夜地讲述不曾辜负的昔日时光

南园记

赏梅种菊的那个人
早已摇一柄蒲扇走得没有踪影
四百年风雨剥蚀的南园
是一壶老酒弥漫醉人的芬芳

踏过碎石横铺的曲径
惊飞的竹雀扑展翅膀
池塘里万千枝红荷嫩唇轻启
竹弦声里走出被雨水打湿的故乡

多少支竹毫下字卷惊涛
多少张画案上墨铺云海
如今兄弟们已走入史册
只留语雨亭在风声中惆怅

人们忘不了那个号梅村的诗人
也时常品茗于由他题字的寒碧舫
不知谁在人群中一声惊呼
蓊郁的古树下藏着羞怯的绣雪堂

从江南归来
走在风雨弥漫的青藏高地上
梦中时常徜徉在南园
留恋铭刻心扉的温暖时光

在织女庙致远方

桃花开遍山冈
纷落的花雨中失却你的声音

荷花落满池塘
如银的月色里难觅你的身影

转瞬间河畔的芦花已白发苍苍
如我在秋水荡漾的岸边眺望

我只想你是一只高飞的云雀
我没想你是一片飘远的云朵

在一行秋雁南归的啼鸣声中
我知道北方的雪将要来临

古桥印象

是谁把
分离在四处的石头兄弟
重新召集在致和塘岸畔
它们手拉手、肩并肩
在水里一站就是六百年

两只有翠色羽毛的鸟儿
扑棱棱地从元曲小令中飞出
在古桥的雕花栏杆上舞姿翩跹
曾穿梭于桥洞的一叶木舟
在了无痕迹的旧时光中摇橹走远

醉人的夕光里
石桥上走来挑竹筐的少年
吆喝声比他叫卖的肉松饼甜
青藤是谁伸出的手臂
将漂泊他乡的游子呼唤

历史深处的回响
是一部风起云聚的编年史

如生生不息的苔藓铺满桥墩
当我一脚踏上这古老的石桥
它用隆起的脊梁
承载曾经的苦难

走过月牙泉

荒漠深处
绝色美人丢下的眼神

驼铃声声
摇不醒沉睡多年的梦
惊叹的呼喊
敲不开一扇紧闭的门

沙枣花淡黄的哀愁
在这空旷的田野里说与谁听
走过我身边的是谁呀
哦,是那河西一丝不挂的漠风

仰卧在五月的沙山上
光瀑多情地灼伤我的眼睛
我的心就是那湾将欲干枯的泉水吗
被你抛在这远离故土的地方呻吟

真想做一条独自流淌的河流
穿越茫茫荒野不求世人问津

喧哗的涛声诉说暴雨过后的祝福
喘息的水流讲述月光下的爱情

那个不眠的夜晚
我在敦煌城里听不到月牙泉哭泣的声音

敦煌的月亮

大风没日没夜地吹着
吹干了庄稼,吹旧了日子
可它却无法吹灭
洞窟里那一盏盏忽明忽亮的灯火

沙暴一场又一场扬起
淹没了田野,淹没了河流
可它却无法淹没
莫高窟佛洞前那一道道低矮的门槛

天际间锣鼓声隐约传来
反弹琵琶的仙女们舞姿翩跹
那一年,在落叶缤纷的白杨树下
你轻盈的脚步从我的心头走过

你的眼睛星星般闪亮
温暖我浪迹天涯的心
那一次从鸣沙山归来
每一刻光阴都金子般闪光

我又想起敦煌的那一轮明月
亮晃晃挂在三危山上
那可是飞天们捧起的神灯
把宽阔无际的河西大地照亮

圆明园之春

废墟上
到处是冰冷的石头
如一具具倒下的尸身
不愿苏醒地沉睡了一个多世纪

夕阳的血色里
人们欢呼雀跃
在石碑上
踩出一张张比哭还难看的笑脸

一只蜗牛
被孩子从廊柱下翻出
它慵懒地伸了伸脖子
又缩回坚硬的壳里做起梦来

在这个春天
我从千里之外的高原而来
没有悲伤
泪已盈眶

梦西湖

雪花自天空飘落
那是天使在舞动翅膀
不经意间洒下的羽毛

在大雪中怀念江南
那美丽的、古色古香的小镇
石板巷走过那个撑着雨伞的姑娘

那只是一个梦啊
妹妹,何时回到你落雪的故乡

火烧沟

是谁降下一把天火
烧尽曾经的满目苍翠
吐谷浑的铁骑扬起征尘
遗留的只有半轮明月的记忆

是谁引来一湾碧水
清流滋润花朵盛开
是当年那一支支滴血的铜箭
生根发芽,长成两岸傲然的绿树

是谁种下一河青莲
在六月的晴空下纵情绽放
每当雨滴敲打岸畔的木桥
那颤抖的花瓣为谁把爱倾诉

我只想坐进芦花飘扬的深处
用一竿竹枝闲钓静美的时光
那黄金般的是日落
这纯银似的是月出

那一刻

此时此刻
燕山苍茫飘落祥云
黄金涂染的古城夕阳正红

来自地球上每个角落的鸟儿们
拍打彩色的羽翅追寻一个梦
瞬间飞入巢中

你的羽毛抖落非洲沙漠的沙尘
她的翅膀敛起大洋彼岸的潮音
你的双眸映衬阿尔卑斯的雪峰
她的耳畔回荡深山古刹的风铃

在古老东方的都城
百年的期盼染亮夜空
奥林匹亚的一丛圣火
温暖全天下华夏子孙

2008年8月8日晚8时
全世界的目光齐聚北京
唱一曲百鸟朝凤

门源行

蜂群轰鸣
岗什卡雪峰头顶银冠
雪水河由远而近
谷地里是黄金般诱惑的召唤

大地如诗
把浓墨重彩的韵味渲染
每一颗激荡的心
都深深地沉醉在七月的门源

脚　步

伫立窗前
看街市上人来熙往

这是一个初秋的早晨
太阳的光瀑洒在街树上
也照耀着每一个匆忙的脚步

有的人从此走向新生
有的人从此走向死亡

庚子年,隆务之春

飘落的大雪遮盖群峰
解冻的巨流弥漫河床
肃穆的塔影投射大地
赶路的行人走过山道

黄河之南
这片金色谷地
在老天眷顾的目光里
春天,正从树枝绽开的芽苞里
呼喊着陌生人的名字跳了出来

雁阵衔来三月
杏花开遍山冈
青草铺满草原
经幡簇拥天空

桑烟缭绕
古寺廊檐下的铜铃
在众生的祈祷声中歌唱
有佛的地方
人们的心永远不会荒凉

放羊记

那一天阳光明媚
我与你相遇在佑宁寺前
你一直跟着我的步履
跨过所有的石阶直达山顶

远处的峨博塔山上
经幡在秋风中猎猎飘动
你依偎在我的身边
像是找到失散多年的兄弟

我们四目相遇的瞬间
才发现你的眸子里滚动泪花
我对着幽深的山谷吼一支民谣
竟引来你撕心裂肺的一声哞叫

当你的头撞向我的怀抱
我们玩起童年抵角的游戏
此时,山寺中风铃叮当
夕阳正缓缓落下飘雪的山冈

在人世间我抵不过任何一个人
在羊群里我抵不过任何一只羊
不是我生性如此怯弱
每一次相抵,我的心会痛很久很久

良 宵

一想起这两个字
雪花就落满头顶
一想起这两个字
大雪就封住出山的路口

旷野的风打着口哨
吟唱一支古老的歌谣
冰凌花挂满屋檐
在暖阳下闪动七彩的光泽

是谁燃起过冬的柴火
土炕上围坐着向往春天的人们
一把锃亮的铜壶里
青稞酒酝酿兄弟们狂欢的话题

良宵是如此美好
星群缀织献给勇士的花环
所有的门扉为你敞开
期待那个风雪夜归的故人

明心寺的荷

向死而生
喧嚣的夏季稍纵即逝
那些羡慕的眼神及媚俗的追捧
被刀风剑雨一瞬间吹打无踪
荷塘寂静
走过栈桥的善男信女谁能记得
在那一季的天光云影里
你的千姿百态惊艳多少时光

梵音缭绕
荷叶是一叠谁也读不懂的经卷
曾为那一弯明月的召唤
你的胸襟间荡漾起不息的波澜

就是死去
也要以荷的姿态在尘世间站立
耳隙间有雷声响起
期待惊蛰之声从春水上一跃而过

燃灯者

慈悲的佛
高坐于莲台拈花微笑
银质的海螺法号
被你擦洗得月光般洁净
大海宏阔的呼吸声
此起彼伏地从金殿深处传来

你手执一把铜壶
从壶嘴里奔涌而出的
是青海高地的三江之水吗
它肆意汪洋地流淌
润泽这方上天眷顾的乐园

我看见天边的青稞
在大风中尽情舞蹈
我听到雪山的马蹄
蹚过冰河一路狂奔
转山的人群络绎不绝
将自己的心贴近大地磕向远方

古寺寂静
仿佛置身于大雪后的空山
酥油灯的光焰是度母的手掌
抚摸他婴孩般圣洁的脸膛
在这瞬间
燃灯者的心在剧烈颤抖中噼啪作响

吹箫者

他微驼的背
依靠在冰凉的古城墙上
手指的闸门一扇扇打开
音符开始缓缓流淌

他空洞的眼睛是一口深井
这悠长的石巷是一口深井
手中斑驳不堪的紫箫是一口深井
他把我带入这个灯火迷离的夜的深井

还记得来路,却不知要去往何处
在他忧伤而零乱的箫音里
默默站在我身边的女子
像一株紫蔷薇的花瓣在风中起舞

我是匆匆的路人
他也是这个城市陌生的过客
可一种似曾相识的感觉让我久久停驻
我看见他深陷的眼眶里噙满泪水

灵隐寺的蜂群

这些披一身黄金袈裟的僧侣
经过了多少关山重重与风雪茫茫
齐聚在这花朵簇拥大门的寺庙里

你们用颤抖的指尖
不停翻阅花蕊的经卷
吟颂春天

嗡嗡嗡嗡嗡
这潮水般直达云端的声音
恍惚让我回到故乡的红墙深院

蜂群们忘情地舞蹈于碧空
成群结队地俯冲向花瓣泣血的宫殿
而忘记疲倦

这是心怀感恩的季节
我看见它们匍匐在那里,鞠躬磕头
一个个都泪流满面

塔尔寺的雪

大风吹了一夜
雪自遥远的巴颜喀拉飘来

通往殿堂的石阶上
来自天南地北的人们心生欢喜
每一扇朱漆斑驳的松木大门
在这吉祥的日子为你洞开

诵经声在袅袅的桑烟里
如春水滋润久渴的梦幻
酥油灯生生不息的火焰
点亮因期盼而浑浊的眼睛

转经筒的咿呀之声
伴着雪花在天空中舞蹈
疾风中走过雪地的僧人
是一粒粒点在大地额头的朱砂

匍匐在风雪里的人们
在铜铃的叮当声中挺直腰身

菩提树的雪枝上鸟雀齐鸣
合唱一曲献给春天的赞美诗

我听见所有的人心如止水
我看见所有的佛拈花微笑

过贵南草原

我走遍青海大地
只为期待这一季青稞的成熟

三月雨从辽远的天空飘洒而来
五月花在广阔的大地上盛开
才有眼前这风吹麦浪的景象

雪峰守望你圣洁的灵魂
山风劲吹你坦荡的胸襟

这一垄又一垄金黄的麦地
阳光下每一株穗子低垂感恩的头颅
月色里每一根麦芒挑着深情的泪珠

十万亩青稞为这季节尽情舞蹈
十万盏酒杯为这良宵肆意欢呼

今夜大地无眠
这照亮半个天空的篝火
将燃起风暴般掠过旷野的酒歌

佑宁寺

远山
古刹的冬天
是如此纯净而温暖
走在铺向云端的石阶上
空寂的灵魂能听到跫音的回响

此刻
佑宁寺的雪
落在我的心上
融化为浩荡的春水
埋藏一个冬天的梦
如种子悄然发芽

呼啸的风中
是谁在吟诵熟稔的经文
我只想做一枚廊檐下的风铃
走过四季
聆听来自天堂的声音

在白马寺

壁立千仞
七彩经幡在云上飘动
断崖处诵经声蜂拥而至
又被奔流不息的河水瞬间卷走

佛崖上壁画斑驳
九百年的光阴在木廊间流过
是谁敲响经堂前的木鱼
让山道上匍匐而来的人们泪流满面

山下麦田一片金黄
鸽群的翅膀在钟声里划过天空
我这一声沉重的叹息
比那随风飘零的一支羽毛还轻

松巴峡,遇见一棵树

走近一棵树
其实是一件很艰难的事情
你无法知道它在想些什么
也永远找不见
它那道不愿为你打开的门

春天来临时
它斑驳的枝丫上
总有稚嫩的芽苞伸出绿叶
在一地月色里
期待柳条肆意摇曳的美好日子

秋风掠过山冈
它身披一树黄金凛然而立
每一片树叶
都是一张张贝叶经卷
叙述尘世间的悲欢离合

雪山在远处隐忍忧伤
大河在脚下宣泄悲怆

路人的脚步
总是匆匆而来,匆匆离去
留给你的只是远去的背影

今日立夏,万物生长
在松巴藏寨的一处断崖之侧
与一棵百年老柳相遇
我无法走进它沧桑的记忆
唯有聆听从黄河峡谷吹来的风声

梨树湾

在黄河南岸
河水伸出的弯臂里
有一个村庄名叫梨树湾

群山跌宕起伏的皱褶里
每一株梨树站在大风中
守望春天如期而至

它们在光瀑下迎风舞蹈
它们在月色里弹拨口弦
它们是一群素面朝天的撒拉女子

驼铃声渐远
这方苍凉而厚重的大地上
梨花开了一茬又一茬

花朵们肆意绽放
那些所有向上生长的枝条上
繁硕的花朵能触摸到高天上的云朵

梨树湾,每一株斑驳的老树上
燃起一簇簇银色的火焰
照亮北方辽远而干净的天空

春天的雪
——给小润禾

我看见冰河解冻的潮汛
我听到草芽破土的声音

昨夜的风
沿河湟谷地一路西行
在春天轰鸣的钟声里
你稚嫩的脚步踩醒沉睡的黎明

眼睛是天边的星辰
写满童话般的纯真
嘴唇是两瓣瞬间绽放的花朵
雀跃的呼唤是令人陶醉的梦境

雪花飘落在遥远的边城
雪花打湿我曾经干涸的心
多么想让这雪花扑进我的怀抱
凛冽的北风吹开我渴望温暖的衣襟

孩子,你朝我奔跑而来
整个春天都屏住呼吸侧耳倾听

骊　歌

冬日的黄河岸畔
我与你们不期而遇
高大陆耀眼的阳光下
扑闪纯银般闪亮的翅羽

你们从何处飞来
头顶故土芦草的清香
穿越八千里风暴
高吟不离不弃的诗篇

逃脱鹰隼的利爪
躲过猎人的枪洞
清亮的眼眸
写满感天动地的爱情
比肩而立
是两座圣洁的雪峰
并肩而行
是两条清澈的河流

一支骊歌

天籁般响彻云霄
在逆风中
诉说融化冰雪的誓言

鹭之歌

大雪将至
星辰退进夜色的深处
河岸的芦苇
披一头风霜奔走呼叫

不知是从哪片水域
飞来一对银雕似的白鹭
它们矫健的双翅
将与青藏高地的漫天狂雪共舞

太阳就要升起来了
在冰雪即将覆盖的大河上
它们并肩而立
眺望每个旭日喷薄的血色黎明

啼　春

大雪即将来临
草木遍地哀鸣

一些来自民间的鸟雀
它们立在寒冷的枝头

在季节的深处
以执着的呼唤把春天叫醒

惊　蛰

他们匍匐在大地上
侧着好奇的耳朵
聆听春天的声音,从远处
解冻的冰河轰轰隆隆地传来

它们的前世化为灰烬
今世充满期待
它们是荷戟而立的勇士
英武百倍……

一株野性的小草
就是一枚激荡的音符
春天交响曲的旋律
在它们铿锵的足音里响彻天涯

望 月

一河解冻的春水
悄无声息地流走

两岸的芦草
探出头来不知在偷窥什么

春风吹过河岸
没有你轻轻浅浅的脚步走来

这么美好的夜晚,你不来
一轮明月就白白地挂在天上

无 题

冰山崩塌的瞬间
悲怆的痛号如雷划过尘世
留下遍地横流的泪水

火焰熄灭的一刻
轻佻的叹息穿过人间
看不见一缕缥缈的烟尘

有人冷酷中仰望彼岸的灯塔
有人热情中寻找脚下的墓碑
你听见我如鼓的心跳声

小 雪

大风吹了一夜
寒冰紧扼河流的歌喉

树木铜枝铁干
没有一只燕雀为它啼鸣

月亮躲进云层深处
马蹄踏霜绝尘而去

一朵雪花落在我的心间
顷刻间融化为一滴春水

那一寸干涸的土地上
是否还能生长出春天的生命

春　雪

山里的风刀子般迎面而来
一下子戳进骨缝

母亲的坟头荒草摇曳
昨夜的大雪厚厚地铺了一地

火焰在荒野跳动
如我们兄妹点燃的一盏盏心灯

今夜，在这北风呼啸的日子
谁为远在天堂的母亲掖紧布衫

归来的路上，那些烧尽的寒衣
好像披在自己身上，那么温暖

大　雪

犹如久旱的土地
期待一场春雨
夜色里点亮的每一盏灯火
都在等一场大雪的来临

山路上归来的砍柴人
早把炉火烧得通红
谁家的女子煮上一壶青稞烈酒
让每一扇雕花的松木窗都亮起歌喉

山林遍地寂静
似乎听见风儿吹过的声音
唯有一条不安静的河流
喘着牦牛般的粗气奔向远方

飘雪的早晨，一行脚印
由村庄出发抵达日出的山岭
汉子们趁昨夜的醉意吆喝着
说自己是一群追赶春天的人

题　照

你看着天上的云
所有的过往如云彩飘过
云看着你的白发
这一瞬间它们头顶如雪

我看见你迈步的双脚
跨过眼前的千山万壑
你挺拔的脊梁
让横亘在远方的群峰坍塌

你这打铁的汉子
怀揣淬过烈焰的心
你是夜色里的丹柯
为前行的人们举起一盏灯

时　光

悄悄活着
又悄悄死去

也许会被人们牵念
也许会被人们遗忘

种子在一滴雨水里发芽
花朵在一寸缝隙里盛开

瞬间地在尘世绽放
永远地在人间枯萎

这一生，光阴短暂
这一生，岁月绵长

赠 ZY

你掩面泣哭
泪水倾盆
打湿沾满尘土的衣襟

阳光如瀑
从布达拉宫的金顶倾泻而下
是无数双温暖的手
抚摸你抖动不已的双肩

你从哪里来
你到何处去
鹰居住的地方才是你最后的归宿

一万枝菩提为谁盛开
一万尊菩萨拈花微笑
你要把自己嵌进这厚重的城墙吗
做一粒尘土守候拉萨阳光灿烂的时光

飞奔的雪花

三月,本该落一场雨
让顶破冻土的青草得到一些滋润
让冲裂冰层的河水得到一点抚慰

这漫天飞舞的大雪从哪里来
它们落到哪里去
它们在诉说什么

这些成群结队飞奔的雪花
在尘世间匆忙行走
每瓣都张开苍白的嘴唇在呼号

它们是大风中猎猎飘动的招魂幡
它们是一页页写满哀怨的控诉状
是银子般纯净的悼词

农历二月初二

今天,说是龙抬头的日子
我也抬了抬头,天空中一群乌鸦飞过
它们在暮光中惊慌地逃离
夕阳在翅膀上绽放滴血的花朵

没有一个人与我同行
远方的群山沉默无语
沿着一条大河逆流而上
走着走着,天色忽然就黑了

三 月

我们的身体
被棉衣裹住
纵然到了三月,依然无法脱下

而满山遍野的花朵们
好像无所畏惧
肆无忌惮地、欢快地歌唱……

蓦然回首

我带着饥饿的梦魇
来到纷乱的人间
所以,我热爱粮食

那场史无前例的风暴
结束本该美好的读书时光
所以,我珍惜着宁静

追随着奔赴乡村的滔滔洪流
我点燃了那盏被大风吹灭的油灯
所以,我眷恋土地

我经历了二〇〇三年的一场灾难
为京城求学难归的儿子泪流满面
所以,我懂得了团聚

在山崩地裂的玉树大地震时
我在高原春天的大风中惊醒
所以,我明白了生命的价值

庚子年的这个春天姗姗来迟
目睹了从大雪纷飞到桃花落尽
所以，我更加渴望自由

我抚摸满头白发悲喜交加
蓦然回首，这匆匆忙忙的一生
就是一部苦难的抵抗史

庚子记事

珞珈山上
一千株樱花在风中泣血而放
她们咬紧的嘴唇边
血色的黎明划破暗夜
喷涌而出

长江边上
一千多万民众固守城池
他们的心如淬火的钢铁
等待惊蛰时分的那一声春雷
炸响天际

雨 水

北归的雁阵
抖落的一支羽毛
它在干净的天空上
以稚嫩的笔画写下第一首
爱的诗歌

一场久盼的细雨
似乎跋涉过千山万水
落在人间,落在我的心上
大地渐渐丰盈起来
让我想起你的模样

这个冬天就要结束了
落在我头顶的雪花
顷刻间化作春水
干涸已久的眼睛
一瞬间就亮了起来

我听见那些急不可待的青草
在土层深处摩拳擦掌

发疯似的刺破桎梏
以惊奇的眼神
打量这个新鲜而温暖的春天

致 Eric

孩子
你稚嫩的小手
捧起最后一片雪
欢呼着撒向天空

此刻
鸟儿敛起飞翔的翅膀
树枝抽出鹅黄的芽苞
小草踮起轻盈的脚尖

我听见
你朗澈的笑声
如解冻的一溪春水
在鸽哨的牵引下飞向远方

我看见
你欢悦的身影
像晴空中翻舞的风筝
让多少因寒冬紧锁的心挣脱桎梏

孩子
你扬起的每一颗雪粒
都是生机勃发的种子
在春天里生根发芽,开出美丽的花朵

河　流

我从遥远的雪山走下
凛冽的寒风吹响铜号
冰川是我舒展的骨骼
雪花是我纯净的眼神

苍鹰一声泣唳
从我布满皱纹的额头上飞过
雪豹矫健的身影
伴随我疲惫的脚步一路同行

既然听见大海的召唤
就要日夜不息地奔流
每一缕夕阳下大河流金
每一片月色里水波铺银

我们每个人都是一条河流
沿着大风吹来的方向
让自己桀骜不驯的心
回到梦中向往的地方

天空之吻

是谁的嘴唇
唱一曲万物生长的歌谣
这辽阔的原野
孕育三月雨、五月花、八月的庄稼

坦荡的天空之吻
是敞开胸襟的爱情绝响
大地为你让开位置
捧出春之蕾、秋之果

一棵树的自白

暴雨倾盆
每片叶子上洒落的泪珠
是我对上苍的感恩

秋风呼啸
每个枝条都晃动手臂
是我对大地的舞蹈

在黄金铺就的高地上
我以一棵树的形象站立
告诉人们关于生命的真谛

暴风雨来临

闪电举着冰冷的利剑
以凌厉的速度划破天幕

这惊世骇俗的瞬间
使多少胆怯的生灵闻风逃亡

两只藏羚羊相依在旷野
金色的油菜花灿烂绽放

在回望与期待的眼眸里
远方太阳跃动着火焰般的光芒

青唐城之冬

几只麻雀，穿过村庄的上空
叙述唯有它们能听懂的语言
每一缕炊烟都能叙述往事
每一片月光都在照亮今生

守望故乡
在每个早晨或黄昏
为一株麦穗的灌浆而惊喜
为一枝花朵的凋零而忧伤

我终将归去
像那不识愁的少年
在一场大雪落满南山的冬季
依偎在久别的父亲和母亲的怀抱

车过日月山

所有的树木
都站在山冈上向远方眺望

炊烟从林梢上升起
倾诉人间烟火的温暖

一线喧腾的湟水
奋力劈开冰层向东流去

鸽群的哨声划过晴空
洒下新年的第一串天籁

月亮迟迟不肯落下
守望这美好的尘世

我看见太阳之手
抚过雪山冰凉的额头

岗什卡雪莲

为寻找一朵盛开的雪莲
我们穿行于怪石嶙峋的山道
沿途野花肆意绽放
焦虑的目光却无暇顾及

雾霭弥漫峡谷
河声在山脚下喧嚣
山鹰展开的翅膀下
大地如此安详

你铺开的阔叶是绿色的战袍
你盛开的花朵是金黄的铠甲
在高山大野一侧
静享温暖的一米阳光

狂风肆虐
你伸出的根须倔强地扎进土地
暴雨倾盆
你仰起的叶瓣卑微地泛着泪光

在这四千五百多米的高山之巅
你是离太阳最近的生命
以一朵小花的语言
告诉我岗什卡人博大的胸怀

朝天门码头

四十年前
一个衣衫单薄的少年
从这里顺江而下
从此再未归来

不论风沙满袖地浪迹天涯
不论步履蹒跚地梦系海角
这个江水潮涌的码头
成为我心灵栖息的最后港湾

如今,我双鬓落雪
江风吹乱我一头白发
江岸上阑珊的灯火中
可否还有栀子花般的眼睛

长江流向远方
山城的月挂在天上
一颗孤寂的灵魂流浪
再也找不到该去的地方

过秭归

和风是一位淡定的禅师
不经意间翻阅季节的经书
手指过处
满山的叶子纷纷落下

暴雨袭来
如千万只鼓轰然擂击
远处的江岸上
看不见一叶龙舟飘过

坛子岭上
千百银杏抖动黄金的战袍
虬枝在寒风中飘动
似仰天长啸的屈子的胡须

西陵峡的江水
朗读你问天的悲怆诗篇
自你投江以后
巴山的月亮再也没有当年明朗

不知谁的一声吆喝
漆黑的瓦屋前女人面如桃花
棕叶徐徐剥开
百姓们咀嚼这清香的千年时光

开平古碉楼

一身的铜墙铁壁
站在南粤大地上阅百年沧桑
暗夜里射向你的子弹
幻化成一簇簇焰火灿烂绽放

秋后的田野一片寂静
仍能闻到稻花迷人的清香
滴血的三角梅攀缘而上
摇曳的花影叙述往日的哀伤

冰冷的青石桥
期待熟稔的脚步走过
锈迹斑驳的铁锁
梦中都期待铜芯的摄魂一跳

而今人去楼空
千愁百转是一场过眼烟云
谁孤独地走过苔藓斑驳的台阶
头顶有一朵白云飘向远方

大地之子
——致敬袁隆平

我们膜拜菩萨
而他们高坐于莲台之上
接受众生匍匐在地的颂扬

这位瘦骨嶙峋的老人
奔走在中国的山野间
月光将他匆忙的背影照亮

每一束饱满的稻穗
浑身裹着金色的暖阳
炊烟里飘着米粒的味道

他深陷的眼睛里
高擎起两盏不灭的灯
在人间的黑暗处渗透光芒

奔走在大地上的神农
他走过的每一寸水田里
决堤的春水肆意而忘情地荡漾

此刻,五月的雨水里
每一片禾叶上滚动着露珠
是为老父亲离去而落泪悲伤

春天的花朵

满天的风沙袭来时
有人跟我说起了花汛
说它就要开了
所有的藤蔓上挂满了蓓蕾

记得那个秋夜
暴雨卷着落叶而至
我们像受伤的鸟儿
惊恐地收敛起疲惫的双翅

你在戈壁的荒野中风沙满袖
我在故乡的田陌间醉卧明月
曾经是两条并肩而行的溪流
如今是两棵隔河相望的孤树

我听见了花开的声音
那每一片花瓣都是爱的诉说
可是远处的你
再也听不到枝头上云雀的哀鸣

我亲手栽植的那些花朵
当它们在这个春天怒放的时候
已经是别人眼中的风景
我蒙尘的眼睛永远也看不见它了

杨氏传奇

远古时一个遥远的村落
那里是太阳升起的地方
高大的扶桑树立地擎天
阳光的金瀑洒遍每一片丛林
从而诞生了一个美丽的传说
日升汤谷,扶桑纪历……

是谁从秋日的桐树上
采摘下脉络分明的叶子
并以童稚的笔墨
写下了流传千古的诏书
由此记载了一页神奇的史书
桐叶封弟,一言九鼎……

我们来自山西洪洞
我们是大槐树下繁衍的子孙
西行的路途上刀光剑影
秦岭深处有氏族的炊烟袅袅升起
当他们再一次纵马跃出华山
沸腾的血液黄河般流淌在中原

你来自白山黑水的东北边陲
我来自歌舞翩跹的彩云之南
他来自北风吹雁的蒙古高地
我们都从高天厚土的华夏而来
是一条条奔流不息的水流
汇聚成荡气回肠的大江大河

弘农郡的典籍已刻入史册
四知堂的灯火依然光照千秋
大运河的涛声传诵着壮士的名字
金沙滩的帅旗飘扬着英雄的荣耀
历史就是一面镜子
我们就是端坐在镜子中的那个人

日出东方
温暖着麦苗叠翠、稻花飘香的故国
扶桑挺立
植根于雪飞鹰啼、雨落燕归的山河
这四千九百二十三万株树木
就是挺立于中国母亲身旁的绿色长城……

再过鹿回头

枪声响起
惊魂未定的小鹿夺命逃亡
五指山荒芜的山野里
树木纷纷倾倒
蹄花翻飞似雪

冰冷的枪洞冒着邪恶的白烟
贪婪的眼睛喷着欲望的火焰
鹿蹄飞处火星四溅
猎人奔袭喘息如雷
惊心动魄的亡命之旅正在上演

蓦然间,这朵飞奔的雪花
在悬崖边停止了逃亡的脚步
它听见海浪的涛声掀起惊雷
它看见海燕的翅膀划过闪电
它在绝望中泪流满面

在它回头的一瞬间
一位绝世女子傲立于云海之间
冰冷的猎枪顿时幻化作钓竿

攀岩的绳索瞬间演变为船缆
海滩上有了第一缕生命的炊烟

一曲黎家儿女的旷世情歌
由此在天涯海角经久流传
这短暂的惊鸿一瞥
这一回首
便是千年

大雁塔

大慈恩寺遥远的钟声
早已消失在千年的风尘之中
龙爪柏伸向天空的枝条上
大风又在镌刻着一册贝叶经卷

叮当的风铎声飘过
那可是来自大唐的梵音
亭台间目光可及之处
敦厚的青砖上莲花盛开如初

拾级而上的人们
蜂群般涌向云端的塔顶
诵经声环绕着叩响耳膜
偌大的塔身就像是酿蜜的蜂房

阳光如此温暖
更远处的田野上万物生长
一队鸽群划过城垛
清脆的哨声掠过天空

几只蚂蚁从唐代的砖隙中爬出

匆匆忙忙地奔向嘈杂的人世间
暮色中的玄奘又手持禅杖
风尘仆仆，一路向西而去

在南佛寺

起风了
山里的雾越来越大

向上的石阶杂草丛生
从山下一直延伸到云端
所有拄杖而行的人们
步履轻盈如鸟儿扑闪着翅膀

生铁的炉膛里火焰升腾
木柴们把自己瞬间燃烧成灰烬

菩萨都高坐于庙堂之上
香客都匍匐在众佛之下
钟声在暮色里响起
惊飞的山雀扑闪着双羽

斑驳的山门洞开着
朝佛的身影鱼贯而入

坍塌的石窟一侧

烛光在风中摇晃
一株野山桃从岩缝中伸出枝丫
盛开的花朵不知在诉说着什么

夕阳落山时
莲花峰裹上一层炫目的金箔

我听见一瀑山溪从断崖处飞落
是这尘世间让人热泪盈眶的音符
我看见石涧旁突兀的巨岩上
不知谁刻下四个大字：莫忘回头

在宝塔山上

阳光从黝黑的松叶上跳下来
在敦厚的青石板上撞出回声
几只喜鹊从崖畔上飞过
山丹丹亮开了唱歌的嗓子

沿着蜿蜒的山道拾级而上
悠扬的钟声召唤我一路前行
回首山脚下那一湾浅浅的河水
不知有多少岁月的故事深藏其中

两只宋代的石狮仰天长啸
粗粝的花岗石表层上苔藓斑驳
是谁敲响了那只明朝的铁钟
鸽群的翅羽划过了朗澈的天空

有人在这里匆匆离开
有人从远方匆匆而来
让我一瞬间掉下泪水的
是孩子们列队齐声高歌的童音

遥望这擎天立地的宝塔
仿佛是群山跷起高耸的拇指
向世界炫耀那些举起锤头与镰刀
在枪林弹雨中冲破黎明前黑夜的人们

巴塘草原

大风在吹
青草们匍匐在地上
纤弱的身子
在四月的草原上摇晃

牧羊人甩着响鞭
随着哼唱起一曲歌谣
他胯下的那匹枣红马
眼睛里燃烧着火焰

是谁家的帐篷里
飘出了奶茶的醇香
羊粪火苗在灶膛里跳跃着
映红藏家女菩萨般的脸庞

一队队羊群走向天边
从我的眼帘中渐渐消失
它们是那天上飘动的云朵吗
在深情地俯瞰冷峻的雪山

这是雪山之侧
巴塘草原迷人的黄昏
只有星星告诉月亮
大地上曾发生的许多事情